हिन्द पॉकेट बुक्स

चूहा पकड़ा गया

बच्चो! आज से आप भी कमर कस लो, कोई न करे पर्यावरण से छेड़-छाड़, रोको उसे और समझाओ, दुनिया-भर में प्रदूषण न फैले, शरीर का हर अंग, हर सांस रहे स्वस्थ और सुन्दर, जीवन बने ख़ुशहाल। मैला, गंदगी, कीचड़, बदबू, कूड़ा सबसे रहो दूर, सबको करो तड़ी-पार। गर्मी, फ़ैक्ट्री का तलछट, वृक्षों की कटाई सबसे करो तौबा। वन रहे हरे-भरे, नदियों का हो निर्मल जल, इस तरह फले-फूले आपका हर पल।

इस पुस्तक में आपके लिए छोटी-छोटी रोचक कहानियां है, जो आपको पर्यावरण के प्रति जागरूक बनाएंगी। चलिए, पढ़ते हैं, ज्ञान से झोली भरते हैं।

बच्चों और किशोरों के लिए ज्ञानवर्धक कहानियां

चूहा पकड़ा गया

राजेश जैन

हिन्द पॉकेट बुक्स
पेंगुइन रैंडम हाउस इम्प्रिंट

हिन्द पॉकेट बुक्स

यूएसए | कनाडा | यूके | आयरलैंड | ऑस्ट्रेलिया | सिंगापुर
न्यू ज़ीलैंड | भारत | दक्षिण अफ्रीका | चीन

हिन्द पॉकेट बुक्स, पेंगुइन रैंडम हाउस ग्रुप ऑफ़ कम्पनीज़ का हिस्सा है,
जिसका पता global.penguinrandomhouse.com पर मिलेगा

पेंगुइन रैंडम हाउस इंडिया प्रा. लि.,
चौथी मंजिल, कैपिटल टावर - 1, एम जी रोड,
गुड़गांव 122 002, हरियाणा, भारत

पेंगुइन
रैंडम हाउस
इंडिया

प्रथम हिन्दी संस्करण हिन्द पॉकेट बुक्स द्वारा 2013 में प्रकाशित
यह हिन्दी संस्करण हिन्द पॉकेट बुक्स में पेंगुइन रैंडम हाउस द्वारा 2023 में प्रकाशित

चित्र: प्रभात श्रीवास्तव

10 9 8 7 6 5 4 3 2

ISBN 9789353490553

मुद्रकः रेप्रो इंडिया लिमिटेड

www.penguin.co.in

FSC www.fsc.org MIX Paper from responsible sources FSC® C047271

This is a legitimate digitally printed version of the book and therefore might not have certain extra finishing on the cover.

क्रम

घर का ख़ून

बन्टी ब्लॉक के सबसे ऊपर वाले तीसरे फ्लोर पर रहता था। उस दिन सुबह की सैर के बाद, वह अपनी मम्मी के साथ घर आने के लिए ब्लॉक की सीढ़ियां चढ़ रहा था। सेकेण्ड फ्लोर की लेण्डिंग पर कूड़ा बिखरा पड़ा था। बगल में पोलोथीन की थैली खुली पड़ी थी। तभी एक बिल्ली रेलिंग से छलांग लगाकर भागी। वह थैली में मुंह मार रही थी। बन्टी और उसकी मम्मी दहशत से चौंक गए। मम्मी ने झल्लाकर कहा – "बच गए, पर यहां सीढ़ियों पर कचरा आया कैसे?"

"विवेक उप्पल यहां, सेकेण्ड फ्लोर पर रहता है। उसकी कामवाली बाई सुबह काम पर आती है तो सबसे पहले उनके घर का कचड़ा किचन से उठाकर यहां बाहर दरवाज़े पर रख देती है।"

"लेकिन कूड़ा उठाने वाला तो दोपहर बारह बजे के बाद आता है। आने पर कॉलबेल बजाता है, तब हम किचन से सीधे कचड़े की थैली उसे ही देते हैं।"

"उप्पल लोग नए आए हैं, उन्हें सोसायटी के नियम नहीं मालूम हैं शायद।"

"जब भी नया किराएदार सोसायटी में आता है तो उसे नियमावली की एक प्रति दी जाती है, जिसमें साफ लिखा है कि कूड़ा सीढ़ियों पर न छोड़ा जाए, जमादार जब आए, उसे ही दिया जाए। मैं एक

प्रति फिर से भिजवाने के लिए सोसायटी ऑफिस में फोन करूंगी। वर्ना हमारे ब्लॉक की ये सीढ़ियां तो झोपड़-पट्टी की गन्दी गली जैसी लगेंगी... अब कचड़े के ऊपर से पैर बचा कर कैसे निकलें? देखना अब बिल्ली के अलावा, बन्दर और कुत्ते भी यहां मुंह मारने चले आएंगे।" – मम्मी का बड़बड़ाना जारी रहा।

"उनके लिए हमारी स्टेयर्स डायनिंग हॉल का काम करेंगी। उनकी तो दावत हो गई समझो, लंगर के लिए खुला आमन्त्रण..." – बन्टी ने अपनी तरफ से जोड़ा।

"मैं मिसेज उप्पल को समझाने की कोशिश करती हूं।" – कहकर बन्टी की मम्मी ने कॉलबेल दबाई।

मिसेज उप्पल ने दरवाज़ा खोलते हुए मुंह बनाकर पूछा – "क्या है?"

"देखिए मिसेज उप्पल, आपकी कामवाली रोज सुबह कूड़ा यहां सीढ़ियों पर रख देती है। यह बिखर गया है और गन्दगी फैल गई है। आने जाने में हमें दिक्क़त होती है।"

"तो हम क्या करें?" – मिसेज उप्पल ने बुरा मानते हुए कहा – "और कहां रखें? एक आपको ही बड़ी तकलीफ है।"

"नियम यह है कि कूड़ा वाला जब आकर घण्टी बजाए, तब उसके हाथ में कचड़े की थैली दें। वर्ना देखिए बिल्ली, कुत्ते, चूहे और बन्दर तक यहां आकर कूड़े में मुंह मारते हैं, कचड़ा फैला देते हैं..."

"कचड़ा उठाने वाले का काम है कि सुबह-सुबह जल्दी आकर उठा ले। हम लोग सुबह ही काम पर निकल जाते हैं, तो क्या करें, कहां छोड़े कचड़ा?"

"कचड़े वाला सभी ब्लॉक में जाता है। सीढ़ियों पर झाड़ू भी लगाता है, उसका अपना टाइम है। इसका यह मतलब नहीं कि तब तक सीढ़ियां गन्दी ही पड़ी रहें। आप अपनी कामवाली से कहें कि

कूड़ा सोसायटी गेट के बाहर रखे नगर निगम के कचरा बॉक्स में डाला करे...।"

"वाह, आप तो ऐसे बोल रही हैं, जैसे कि ये सीढ़ियां आपकी ही हैं..." – मिसेज उप्पल कुढ़कर बोली – "क्या मालूम, हो सकता है ज़रूर सीढ़ियों से आते जाते आप ही पोलोथीन को लात मारकर कचड़ा फैला देती हो।"

"यह काम बिल्ली, बन्दर और कुत्ते करते हैं, पहला ग़लत काम आप कचड़े को यहां रखकर कर रहीं हैं और दूसरा उससे भी बड़ा ग़लत काम हमारे ऊपर आरोप लगाकर कर रही हैं, शेम... जहां तक सीढ़ियों पर हक़ की बात है, वे जितनी हमारी हैं, उतनी आपकी भी हैं, हम सबकी हैं और उन्हें साफ रखना हम सबकी ज़िम्मेवारी है..." – कहकर बन्टी की मम्मी दुःखी हो ऊपर बढ़ गई।

बन्टी ने कहा भी – चलो मम्मी ऐसे लोगों के क्या मुंह लगना?"

बहस के बाद बन्टी और विवेक के परिवारों में बातचीत बन्द हो गई। मिसेज उप्पल ने भी अपनी ज़िद ज़ारी रखी और सीढ़ियों पर उनकी कामवाली वैसे ही कचड़ा रखती रही। सोसायटी मैनेजमेंट ने कहा भी, पर उन्होंने ध्यान नहीं दिया, वरन् यह सुझाव दे डाला कि अगर इतनी ही तकलीफ़ है तो कूड़े वाले को एकदम सुबह भेज दिया कीजिए। जिस दिन कचड़े वाला छुट्टी करता उस दिन तो उनका कूड़ा पूरे दिन सीढ़ियों पर ही पड़ा रहता।

दिन बीतते गए। मन ही मन बच्चे विवेक के फ्लैट को गन्दा वाला फ्लैट कहने लगे। मिसेज उप्पल चिढ़कर और सख्ती से अपनी आदत पर अड़ी रही।

एक दिन की बात है। विवेक सुबह स्कूल जाने के लिए सोसायटी के गेट पर दूसरे बच्चों के साथ बस का इन्तज़ार कर रहा था। एकाएक

उसे याद आया कि वह बस्ते में मैथ्स की कापी रखना भूल गया है। आज टीचर को वह कापी देनी थी। दूर से बस आती दिखी। वह तेज़ी से अन्दर ब्लॉक की ओर दौड़ा, ताकि घर से कापी ले ले और बस भी न चूके। जैसे ही वह तेज़ी से सीढ़ियां चढ़कर अपने फ्लोर पर पहुंचा, अचानक एक बन्दर सामने आ गया। विवेक बुरी तरह डरकर हड़बड़ा गया और उसका पैर केले के छिलके पर पड़ गया। इससे पहले कि वह कुछ समझ पाता, वह धड़ाम से गिर पड़ा। बन्दर ने खिसियाकर दांत दिखाए और उछलकर भाग गया। छिल्का उसी केले का था जो उसने नाश्ते में खाया था और हमेशा की तरह कामवाली ने पोलोथीन में रसोई का कूड़ा भरकर बाहर रख दिया था। इस बीच वहां बन्दर आ गया और थैली का कचड़ा फैलाकर खाने की चीज़ें बीनने लगा। यह वही समय था, जब विवेक जल्दी से ऊपर आया। फिसलने से उसका सिर फूट गया था और खून सीढ़ियों पर गन्द के साथ-साथ फैल गया।

जब मिसेज उप्पल बाहर आईं तो विवेक की हालत देखकर बिफर पड़ी – "जरूर बन्टी की मम्मी ने कचड़ा फैलाया होगा। हाय राम क्या हाल हो गया मेरे बेटे का।"

"नहीं मम्मी, मंकी था यहां" – दर्द से कराहते हुए विवेक ने कहा – "बन्टी की मम्मी ठीक कहती थी, आपको कचड़ा यहां नहीं रखवाना चाहिए था। अब खुद देख लो गन्द के साथ, उसी की तरह, घर का खून भी सीढ़ियों पर फैल गया न।"

और लोग भी मदद के लिए आ गए। विवेक को सम्भालते हुए, मिसेज उप्पल अन्दर ही अन्दर अपने आपको भी सम्भालकर संकल्प कर रही थीं – "मैं ग़लत थी, अब आइन्दा कचड़ा सीढ़ियों पर नहीं रखवाऊंगी..."

भटकी हुई चिड़िया

एक शाम उड़ते-उड़ते चिड़िया अपने घोंसले से बहुत दूर चली गई। उसे खाने की तलाश थी। उसके बच्चे घोंसले में दुबके हुए चिड़िया का इन्तजार कर रहे थे। चिड़िया कुछ अलग ही धुन में थी और एक पेड़ से दूसरे पेड़ पर फुदकती जा रही थी।

एकाएक अन्धेरा घिर आया चिड़िया को चिन्ता होने लगी। उसने एकाएक पाया कि वह अपने घोंसले वाले पेड़ से बहुत दूर आ गई है। उसने बहुत कोशिश की, किन्तु उसे अपने पेड़ की दिशा का ज्ञान नहीं हो पाया। बेचारी चिड़िया कभी इधर उड़ती तो कभी उधर। उसे समझ नहीं आ रहा था कि उसका घोंसले वाला पेड़ किधर ग़ायब हो गया? ऐसा पहले कभी नहीं हुआ था। चिड़िया को स्वयं अपनी याददाश्त पर खीझ होने लगी। वह उदास होकर सोचने लगी – "अरे यह क्या... अन्धेरा होने लगा और मैं भटक गई हूं उधर बच्चे मेरा इन्तज़ार कर रहे होंगे... भूख से बेचैन होंगे... इतना दूर आ गई, किन्तु अभी तक दाना भी नहीं मिला।...सिर में दर्द अलग हो रहा है... न जाने क्यों घुटन सी हो रही है...।

बेचैनी में वह फड़फड़ाने लगी। उसकी फड़फड़ाहट से पेड़ के तने की खोह में सोए हुए तोते की नींद टूट गई। वह आंखें मलता हुआ उठ गया, सोचने लगा – "अब रात को कौन डिस्टर्ब करने आ गया... ?"

लाचार चिड़िया अपना मानसिक सन्तुलन खोकर फड़फड़ाए जा रही थी। तोते ने मन ही मन सोचा – लगता है कोई मुसीबत में है। हो सकता अजगर ऊपर चढ़ आया हो और पड़ोसी पक्षियों के घर पर अण्डे चुराने की कोशिश कर रहा हो।

सम्भल कर तोते ने अपनी खोह से सिर बाहर निकाला। जिस बात की उसे आशंका थी, वैसा कोई आतंक वहां नहीं फैला था। तोता पूरी तरह बाहर आ गया। चांद की रोशनी में उसने चिड़िया को देखा।

"क्या बात है ?" – तोते ने पूछा।

"क्या बताऊ, तोते भाई... मैं बहुत परेशानी में हूं... जाने क्या हो गया है, मैं अपना पेड़ भूल गई हूं... उड़ते-उड़ते शायद बहुत दूर आ गई हूं... अब वापस कैसे जाऊं... घोंसले में बच्चे अकेले होंगे... ।"

"अच्छा तो तुम मुसीबत में हो... अजीब बात है कि अपना घोंसला भूल गई... चाहो तो रात इसी पेड़ पर या मेरी खोह पर गुज़ार लो... ।"

"मैं ठहर जाती, लेकिन मुझे बच्चों की चिन्ता है" – चिड़िया ने कहा।

"देखता हूं... तुम्हारे लिए क्या कर सकता हूं... किस कॉलोनी में रहती हो तुम... मेरा मतलब है किस पेड़ पर है तुम्हारा बसेरा... इधर तुम्हें कभी देखा नहीं... ज़रूर दूर होगा तुम्हारा मोहल्ला... नीचे बिल में खरगोश रहता है... देखो उससे पूछता हूं... ।"

तोता उड़कर नीचे आ गया। उसने खरगोश के बिल की कॉल बैल दबाई। खरगोश बाहर आया। वह तैयार हो चुका था और बिल से निकलकर खेतों की ओर जाने की तैयारी कर रहा था। तोते ने कहा – "क्या कहीं बाहर जा रहे हैं ?"

"हां भई... रोज़ी-रोटी का जुगाड़ लगाने निकलना ही पड़ता है..." – खरगोश ने कहा।

"आप लोगों का अच्छा है... दिन में सोते हैं और रात के एकान्त में काम पर निकलते हैं... हम पक्षीगण तो रात में कुछ नहीं कर पाते। अब

देखो न इस बेचारी चिड़िया को, अपना घोंसला भूल गई है। मुसीबत में है...।"

"लेकिन ऐसा तो होता नहीं... क्या बात है?" – खरगोश ने पूछा।

"पता नहीं... क्या आप उसकी कुछ मदद कर सकते हैं..." – तोते ने पूछा।

"जो बन सकेगा... ज़रूर करूंगा" – कहकर खरगोश बाहर आ गया। कुछ सोचकर बोला – "यह चिड़िया जिस पेड़ पर रहती है... उसकी क्या निशानी है... ?"

वह पीपल का बड़ा पेड़ है... उसके बगल में पोखर है..." – चिड़िया ने स्वयं कहा।"

"क्या घोंसले पर तुमने अपनी नेमप्लेट लगा रखी है?" – खरगोश ने पूछा।

"नहीं,... पर मेरे घोंसले पर लाल धागे ज़रूर लटके हुए हैं..." – चिड़िया ने घोंसले की पहचान बताई।

"रात में रंग पहचानना ज़रा मुश्किल है... फिर भी देखता हूं आस-पास राउंड लेकर..." – कहकर खरगोश झाड़ियों में चला गया।

"घबराओ मत चिड़िया रानी ज़रूर कोई न कोई रास्ता तो निकल आएगा" – तोते ने चिड़िया को ढाढ़स बंधाया।

झाड़ियों में खरगोश को जुगनुओं का एक झुण्ड मिल गया। चमकते जुगनुओं को देखकर खरगोश की आंखों में चमक आ गई। उसने जुगनू-सम्राट से कहा – "मित्र... क्या तुम चिड़िया का घोंसला खोजने में मेरी मदद करोगे...एक चिड़िया अपना घोंसला भूलकर भटक गई है... ।"

"हां... हां क्यों नहीं?" – जुगनू-सम्राट ने कहा।

सारे जुगनू खरगोश की पीठ पर सवार हो गए। जुगनुओं की लिज बुझ से थोड़ी रोशनी हो गई। वे लोग पीपल का पेड़ खोजने लगे। रास्ते में उन्हें उल्लू मिला। उल्लू जंगल में चौकीदारी का काम करता था। खरगोश की पीठ को चमकता देख उल्लू चौकन्ना हो गया। एकाएक, उसे लगा यह कोई नया विचित्र जानवर है...। जंगल की शान्ति को खतरा पहुंचा सकता है। जानवरों को सावधान करने के लिए उसने जेब से सीटी निकाल ली। वह सीटी बजाने जा रहा था कि खरगोश पास में आ गया। उल्लू ने उसे पहचान लिया। खरगोश ने उल्लू से कहा – "उल्लू भाई... आप रात में देख सकते हैं... क्या बता सकते हैं पोखर के पास वाला पीपल का पेड़ किस तरफ है... एक चिड़िया भटक गई है... उसका वहां घोंसला है...।"

"चिड़िया कहां है?" – उल्लू ने सोचकर पूछा।

"उधर पेड़ पर तोते के पास बैठी है" – खरगोश ने बताया।

"दरअसल बात यह है कि कल रात को पोखर के पास कुछ शिकारी ठहरे थे – उन्होंने वहां आग जलाई थी। कुछ खाना भी छोड़ा था... उस खाने में न जाने क्या मिला था कि बाद में जिन पक्षियों ने उसे खाया... उन्हें फूड-प्वाइज़निंग हो गया... ऐसी कई शिकायतें मिल रही हैं... विशेषकर पोखर वाले एरिये से...।"

उल्लू की बात सुनकर खरगोश ने सिर हिलाया – "अच्छा तो यह बात है... ज़रूर उस चिड़िया को भी असर आ गया है,... पर पोखर किधर है...।"

"ज़्यादा दूर नहीं, ...वो जो अमलतास का पेड़ है... उसकी दायीं ओर सौ मीटर की दूरी पर पोखर है... पीपल का पेड़ भी...।"

"चलो पहले चिड़िया को ले आएं..." – खरगोश पेड़ के पास आया। उल्लू भी।

जब चिड़िया से पूछा गया तो उसने कहा – "हां – कल पोखर

के किनारे काफी खाना पड़ा था... वह चुगने गई थी... उसके बाद से ही उसे हेडेक होने लगा था...।"

"देखो – उल्लू ने कहा – "यह फूड-प्वाइज़निंग का केस है... इससे कई पक्षियों का हाजमा और समझ बिगड़ गई है... सूंघने की ताक़त भी जाती रही... हमें सावधान रहना चाहिए। बगैर समझे-बूझे कुछ भी खा लेने से खतरा है...। आजकल यूं भी शहर वालों ने हमारे जंगल का पर्यावरण प्रदूषित कर दिया है...।"

खरगोश, जुगनू और उल्लू की मदद से चिड़िया अपने घोंसले तक पहुंच गई। उसे देखकर उसके बच्चे खुश हो गए। चिड़िया ने स्वयं निश्चय किया और बच्चों को भी समझाया कि बगैर समझे-बूझे कुछ भी नहीं खा लेना चाहिए, वरना खतरनाक बीमारियां हो सकती हैं!

कच्चे केले

सड़क के किनारे मयंक, अभिषेक और सोनू घात लगाए बैठे थे। ऊब कर मयंक बोला – "आज न जाने क्या हो गया, इतनी देर हो गई कोई शिकार नहीं आया..." थोड़ी देर बाद एक ट्रक आता दिखाई दिया।

सचमुच यह कच्चे केलों से लदा ट्रक था। पीछे केलों के ढेर पर कुछ मज़दूर बैठे थे। "सावधान" का संकेत बच्चों ने घोषित किया और ट्रक के पीछे दौड़ने लगे। दौड़ते-दौड़ते उन्होंने मज़दूरों पर पत्थर फेंकने शुरु कर दिए। घबराकर मज़दूर गाली देते हुए कच्चे केले उन्हें मारने लगे। यही चाहते थे बच्चे, पत्थर के ढेलों के बदले में कच्चे केले। ट्रक तेज़ी से गुज़र जाता, पर इस आक्रमण के कारण चार-पांच केले सड़क पर फेंक जाता।

शरारत के भूत के कारण बच्चों को यह खेल रुचिकर लगता। मयंक उस टोली का अगुआ था। शरारतों के नए ढंग ईजाद करने के लिए वह अपने आपको नोबल प्राइज़ पाने का अधिकारी मानता था।

"कोई बात नहीं – मयंक बोला – "पांच पत्थरों के बदले तीन केले-स्कोर बुरा नहीं, कुछ तो हाथ लगा।"

"पर यह शरारत बुरी है" – तभी प्रियंका वहां आकर बोली – "देखो, अगर पत्थर किसी मज़दूर को लग गया तो उसे चोट लग जाएगी, क्या अच्छी बात है यह?"

"नहीं, हम लोग तो उन्हें उकसाने के लिए पत्थर फेंकते हैं – मारने के लिए नहीं, ताकि वे बदले में केले फेंके, एडवेंचर में सब कुछ माफ़ है – जैसा कि युद्ध और देश-विदेश में..." अभिषेक बोला। सब हंसे।

"लगता है तुम लोगों को इस शरारत की प्रेरणा किसी बदमाश ने दी है?" – प्रियंका का सवाल था।

"प्रेरणा तो स्कूल से मिली है, वो कहानी पढ़ी थी न, छुटपन में नारियल के पेड़ पर बन्दर चढ़ा था, बच्चे को नारियल खाने थे, पर वह बन्दर की तरह पेड़ पर चढ़ नहीं सकता था, इसलिए उसने एक तरकीब सोची, नीचे से पत्थर फेंके तो बदले में बन्दर ने नारियल तोड़कर मारना शुरू कर दिया" – मयंक ने अपनी विद्वता जताई।

"ओ गॉड" – प्रियंका ने सिर पकड़ लिया। अगर मास्टर जी को पता पड़े कि तुम लोगों पर पढ़ाई का यह असर पड़ रहा है तो वे स्कूल ही बन्द करवा देंगे।

"अच्छा है, तब गधों की तरह बस्ते का बोझा नहीं उठाना पड़ेगा..."

"और न ही छः इंच चौड़ी बेंच पर पुट्ठे टिका कर दिन भर पढ़ाई के साथ-साथ उट्ठक-बैठक करके पैर दुखाने पड़ेंगे, मास्टर जी खुद तो अच्छी चौड़ी हत्थेदार कुर्सी पर बैठते हैं और हमारे लिए वित्ते भर की बेंच और टूटे डेस्क... कहां बस्ता रखें और कहां बैठे?" – सोनू ने शिकायत जोड़ दी।

"पढ़कर ही अफसर बनोगे तब मिलेगी गद्देदार रिवाल्डिग चेयर" – प्रियंका ने बताया।

उस शाम भी फुरसत में यह खेल ज़ारी था। अनुभव के साथ सभी बच्चों का निशाना तेज़ हो गया था स्पीड से जा रहे ट्रक से केले तोड़ने का काम।

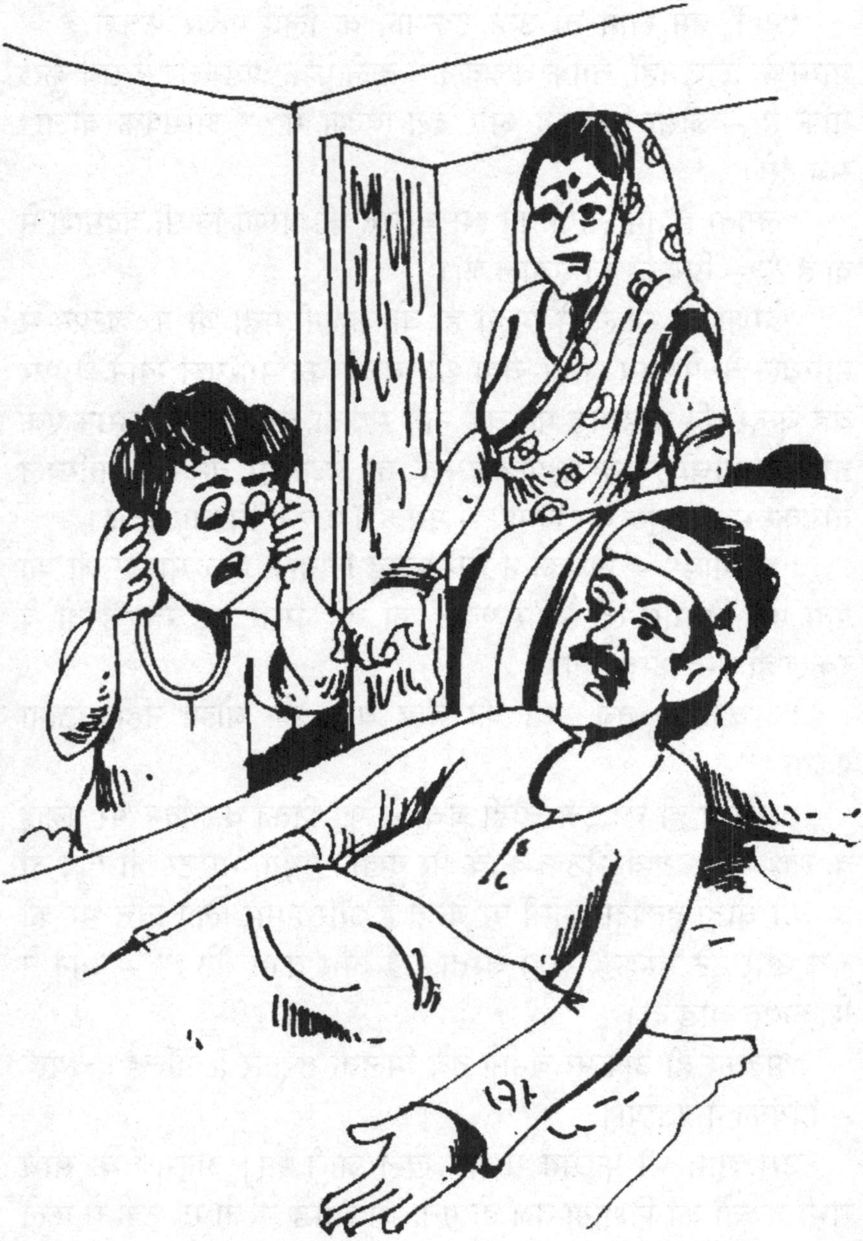

दो कच्चे केले लेकर मयंक घर पहुंचा। आज वह मम्मी को अपनी बहादुरी बताना चाहता था। उसने सोचा – अगर वह कहेगा कि उसने पत्थर मारकर ट्रक से केले तोड़े हैं, तो मम्मी नाराज होंगी? उसने इससे बचने के लिए कहानी सोची – वह मम्मी को कहेगा कि सामने सड़क से केलों से लदे ट्रक गुज़रते हैं, उन पर बैठे मजदूरों से हम बच्चे हाथ हिलाकर "हैलो" करते हैं तो बतौर "कांप्लीमेन्ट्स" के वे हमें केले देते हैं।

जैसे ही मयंक ने घर में क़दम रखा, तो देखा पापा खून से भरा अपना सिर पकड़कर खड़े हैं, मम्मी घबरा रही हैं, पापा कह रहे थे – "ऑफिस से आ रहा था साइकिल पर, तो ट्रक गुज़रा शायद केले लदे थे उस पर। दूसरी तरफ से शरारती बच्चों ने शायद पत्थर फेंके, एक अचानक मुझे लगा, मेरा चश्मा टूट गया और साइकिल भी लड़खड़ा गई। साइकिल के गिरने से, लगता है ये पके केले भी पिचक गए जो मैं बाजार से खरीदकर ला रहा था..."

मयंक का दिल धक-धक करने लगा, "उफ पापा को इतनी चोट... और चश्मे का नुक़सान... किसका पत्थर लगा होगा, हममें से ही किसी का... ?"

मयंक उलझन में उदास था, तभी प्रियंका आ गई। सारा मामला समझकर उसने मयंक की ओर देखा। मयंक ने शर्म से नज़र झुका ली।

"देखो,..." प्रियंका बोली – "मैंने कभी मम्मी-पापा को नहीं बताया, पर इस दुर्घटना ने तुम्हारा राज खोल दिया, कच्चे केलों सी कच्ची अक़्ल है तुम्हारी, अब पापा की चोट कौन ठीक करेगा... ?"

मयंक के मन में तूफ़ान उठ रहा था, वह तत्काल पापा के पास गया..."आई एम सॉरी... यह कच्चे केले तोड़ने वाला कच्ची अक़्ल का काम मैं और मेरे साथी करते थे, अब कान पकड़ता हूं।"

सुनकर पापा सोच में पड़ गए, थोड़ी देर बाद बोले – "हां यह कच्ची अक़्ल का काम था, पकी अक़्ल का काम है – मेहनत करके कमाए हुए पैसों से बाज़ार से पके केले खरीद कर खाना... वो देखो पके केले मैं लाया था तुम्हारे लिए..."

तभी मम्मी पट्टी और दवाई ले आई। मयंक को लग रहा था – पिचके हुए केलों की तरह उसका मन भी पिचक गया है। वह भी घायल है।

मम्मी ने पापा को सिर पर पट्टी बांध दी और बोली – "अब आराम हुआ?"

"हां, तुम्हारी पट्टी के अलावा मुझे उस मरहम पट्टी के कारण ज़्यादा सुकून आ रहा है, जो मयंक ने पश्चाताप करके की है..." पापा बोले।

विद्रोह

उन दिनों मयंक का मूड बेहद खराब रहने लगा था। उसे लगता कि कोई उसे प्यार नहीं करता – बस, हरदम डांटता रहता है। मम्मी बात-बात पर उसे डांटती हैं और पापा भी हमेशा बस यही रट लगाये रहते हैं कि पढ़ो! पढ़ो! प्रियंका उसकी रबर-पेंसिल ले लेती है, कलर-बॉक्स बिखेर देती है, मना करता है तो रोने लगती है। प्रियंका के रोने से सब उसका पक्ष लेते हैं – कोई उसे कुछ नहीं कहता।

मयंक सोच रहा था – पापा को कितनी बार कहा कि मुझे कॉमिक्स चाहिएं, पर हर बार टाल जाते हैं – बस पढ़ो। प्रियंका को डांटो मत, सुबह जल्दी उठो।

स्कूल में भी मयंक का मन उखड़ने लगा था। कोई उसे सच्चा दोस्त नहीं लगता, सब चापलूस और स्वार्थी हैं। जब तक उन्हें स्टिकर और स्टेंप देते रहो, अपना लंच और पानी पिलाते रहो, तब तक तो अच्छे से बात करेंगे, वरना चिढ़ाएंगे या मारेंगे। सर भी सोनू को ज़्यादा चाहते हैं। उसे ज़्यादा नंबर देते हैं। वह इतनी मेहनत से ड्राइंग बनाता है, पर उसकी कभी प्रशंसा नहीं करते।

इन सब कारणों से मयंक उदास रहने लगा था। वह चाहता था कि उसका खूब नाम हो, लोग उसे जानें, उसकी प्रशंसा करें। वह स्कूल की टीम का कप्तान बनना चाहता था, पर जब टेस्ट हुए तो सर ने

उसे टीम में ही शामिल नहीं किया। इससे उसे और भी निराशा हुई। चारों ओर अपने विरुद्ध षड्यंत्र नज़र आने लगा। सब लोग दुश्मन लगने लगे।

मयंक को अपने अन्दर की दृढ़ता का आभास था। अक्सर सोचते-सोचते वह आत्मविश्वास की गर्मी को महसूस करता था और निश्चय करता था, "ज़रूर मैं कुछ नया और अद्भुत करूंगा। मैं दूसरों से हटकर हूं। इसलिए बहुत बड़ा काम करूंगा, नाम कमाऊंगा।"

ऐसे में मयंक के हाथ में एक किताब लग गई। उस किताब में एक ऐसे बच्चे की कहानी थी, जो घर से भागकर मुंबई चला गया। वहां उसकी हिम्मत खुल गई। एक बड़े आदमी ने उसे अपने पास रख लिया। उनकी परिचित एक अभिनेत्री को बच्चे से लगाव हो गया और उसे फ़िल्मों में अवसर मिल गया। देखते-देखते, उस बच्चे का नाम हो गया। वह एक बड़ा बाल-कलाकार बन गया।

कभी मयंक सोचता – क्या उसके साथ भी ऐसा हो सकता है? अगर वह हिम्मत करे तो शायद हो भी सकता है। बगैर जोखिम उठाए कुछ पाना संभव नहीं। इस तरह की उठा-पटक उसके दिमाग में घर कर गई थी और वह उखड़ा-उखड़ा रहने लगा।

इस बीच पापा ने कार से कान्हा-केसली जाने का कार्यक्रम बनाया। सब लोग पिकनिक के मूड में आ गए। रास्ता लम्बा था और बीच में जंगल पड़ते थे। लम्बी ड्राइव के कारण सब थोड़ा-थोड़ा अलसाने लगे। आसपास के दृश्य देखता हुआ मयंक अपने आप में खोया हुआ था। उसके मस्तिष्क में विभिन्न विचार उठ रहे थे।

"पापा! पापा!! ये पेड़ों पर नंबर क्यों लिखे हैं?" प्रियंका ने पूछा।

"जिससे पेड़ों की गिनती हो सके," मम्मी ने बताया।

"नहीं, दरअसल जिस तरह अपनी कॉलोनी में प्रत्येक घर को नम्बर

अपने पेड़ का नम्बर याद हो गया होगा।" पापा ने भी खुलकर मयंक का समर्थन किया।

"जंगल का राजा शेर है। वही सब जानवरों को क्वार्टर अलाट करता होगा?"

"क्यों नहीं, उसकी अपनी खूब बड़ी कोठी होगी।"

"हट पगले, वह तो गुफ़ा में रहता है।"

"उसकी गुफ़ा आलीशान होगी।"

"अच्छा एक बात बताइये," मयंक बोला, "ये पेड़ जंगल में अकेले वर्षों से खड़े-खड़े बोर नहीं हो जाते? क्या उनके मन में इच्छा नहीं होती कि वे भी घूमें फिरें, दूर-दूर की दुनिया देखें?"

इस प्रश्न को पूछने के पीछे, मयंक की खुद की ऊब का हाथ था। अपने को वह पेड़ के रूप में पाता था, जो एक छोटे कस्बे में बंधा खड़ा है।

"अच्छा सवाल है। चलो इस बात पर एक कहानी हो जाये," पापा ने कहा।

"क्यों नहीं।" एक साथ प्रियंका और मयंक ने हर्षोल्लास के साथ कहा।

"हुआ यूं कि एक बार जंगल में पेड़ों के बीच ऊब की बीमारी फैल गयी। राष्ट्रीय मार्ग जंगल के बीच से गुज़रता था। उस मार्ग से प्रतिदिन सैकड़ों गाड़ियां गुज़रती थीं – रंग-बिरंगी और कई तरह के लोग भी। रास्ते किनारे खड़े पेड़ लालायित हो गाड़ियों तथा लोगों का आना-जाना देखते रहते थे। आपस में फुसफुसाहट होती – कोई कहता देखो, ये लोग मुंबई जा रहे हैं।

"मुंबई कैसा होता है? कितनी दूर है?" एक पेड़ ने दूसरे से पूछा।

"देखो तो सड़क का माइल-स्टोन लगा है। मुंबई यहां से चार सौ मील है।"

"मील नहीं किलोमीटर कहो। "मील का ज़माना गया।" एक अन्य पेड़ ने अपना ज्ञान प्रदर्शन किया, "और मुंबई खूब बड़ा शहर है, रंगीन भी है। वहां समुद्र है, ऊंची इमारतें, गाड़ियां। दिल्ली में घूमने का बड़ा मज़ा है कुतुबमीनार, लाल किला, इंडिया गेट।"

"सच... अपना लोग यहां।, सूने में बेड़ियां डालकर खड़े रहते हैं। क्या ज़िंदगी है हमारी? क्यों न हम लोग भी मनुष्यों की तरह चलने-फिरने लगें?"

पापा पेड़ों की कहानी सुना रहे थे, पर मयंक को महसूस हो रहा था कि यह उसकी स्वयं की कहानी है।

"पेड़ों में यह चर्चा फैल गई। सागौन का एक वृक्ष इस आन्दोलन को ज़ोर-शोर से फैला रहा था। वह आन्दोलन का नेता बन गया। यूं अधिकांश पेड़ शंका में थे। बुज़ुर्ग पेड़ों ने समझाया भी कि हमारी जो जड़ता की नियति प्रकृति ने प्रदान की है, उसे सहर्ष स्वीकार करना चाहिए। शहर वालों को आख़िर हम ही तो बहुत कुछ देते हैं। अब देखो न, कई बड़े कारखाने और पावर हाउस जंगल में सुदूर बने होते हैं, पर उनके उत्पादन का लाभ शहर को मिलता है।"

"नहीं... हम गुलाम नहीं है, जो जड़ों की बेड़ियां डाले एक ही जगह पड़े रहे।" सागौन का विद्रोही पेड़ बोला, "लानत है तुम सब पर, मैं कहता हूं – मेरी मानो, ज़ोर लगाओ और निकल पड़ो राष्ट्रीय मार्ग पर। हम दिल्ली जाएंगे, मुंबई जाएंगे। बड़ों को अपनी समस्या से अवगत कराएंगे। न्याय की मांग करेंगे।"

मयंक को लग रहा था, वह सागौन का पेड़ है और विद्रोह करना चाहता है।

"फिर क्या हुआ?" मयंक ने उत्सुकता से पूछा।

आसपास के पेड़ों को देखते हुए पापा ने कहा, "देखा, पेड़ आपस में यही बात कर रहे हैं।"

"कहीं वह सागौन का पेड़ हमसे गाड़ी में बैठने की लिए लिफ्ट ना मांगने लगे!" मम्मी ने मुंह खोला।"

"पेड़ को तो नहीं, हां, कोई जानवर अगर लिफ्ट मांगेगा तो दे देंगे।"

"वे देखिये, सड़क के किनारे एक खरगोश।"

"बेचारा लिफ्ट मांग रहा है। लो, गाड़ी रोकता हूं।" कहकर पापा ने ब्रेक दबाया। गाड़ी रुक गई। सब खिलखिलाने लगे। खरगोश भाग गया।

गाड़ी फिर चली, कहानी भी। पापा ने कहा, "हां, तो फिर यूं हुआ कि वह सागौन का पेड़ नेतागिरी पर उतर आया। दूसरे पेड़ों को कोसते हुए उसने अपनी जड़ें ज़मीन के अंदर फैलाने की बजाय, ऊपर खींचनी शुरू कर दीं और एक दिन उखड़कर वह राष्ट्रीय मार्ग पर आ गया। बाकी पेड़ ईर्ष्या और उत्सुकता से उसकी कार्यवाही देख रहे थे। सागौन के पेड़ ने उन्हें ताना दिया, "लो मैं आज़ाद हूं। मैंने अपनी बेड़ियां काट दी हैं। अब मैं दुनिया देखूंगा। तुम सब लोग यहीं सड़ते रहो।"

"सच!" मयंक के मुंह से निकला।

"हां, पर आगे सुनो। सागौन का पेड़ हीरो की तरह राष्ट्रीय मार्ग पर चलने लगा। आसपास खड़े पेड़ आम जनता की तरह उसका अभिवादन करने लगे। थोड़ी देर बाद ही सागौन के पेड़ को प्यास लगी। उसने अपनी जड़ों से पानी मांगा। जड़ों ने लाचारी से कहा, "पानी कहां से लाऊं। अपने नल का कनेक्शन तो कट गया।" "अरे!" सागौन का पेड़ निराशा से बोला, "पर मुझे भूख लग रही है," जड़ों ने कहा – खाने की सप्लाई भी कट गई है। खूराक़ ज़मीन से मिलती है। हम उखड़ गए हैं। यहां पक्की सड़क पर मैं ज़मीन के अन्दर अब नहीं जा सकती। आप तो दूसरे पेड़ों की तालियों और प्रशंसा से अपना पेट

भर लो और सचमुच थोड़ी देर बाद वह सागौन का विद्रोही नादान पेड़ भूख-प्यास से तड़पकर सूखने लगा और सड़क पर ढह गया..."

"वो देखो, वह पेड़!" वाक़ई सड़क के किनारे तब एक उखड़ा हुआ पेड़ दिखा।

"अजीब संयोग है।" पापा बोले।

"हां, अब मैं समझ गई। वह पेड़ क्यों उखड़कर सूखा पड़ा है। ज़रूर भागने की कोशिश कर रहा होगा। पर हमें ज़्यादा पाने की लालच में अपनी ज़मीन नहीं छोड़नी चाहिए," प्रियंका बोली।

"करेक्ट", मम्मी ने कहा।

इधर मयंक के मन में उथल-पुथल थी। उखड़े पेड़ के सूखे कंकाल को देखकर वह भयभीत हो गया। वह भी अपने को उस पेड़ की तरह सूखा हुआ देखने लगा। कभी अपनी कल्पना में वह स्वयं को भीख मांगता हुआ देखता, तो कभी बूट पॉलिश करते हुए, तो कभी भूख से बेहाल, होटल में बरतन साफ करता हुआ।

"मैं मुंबई नहीं जाऊंगा, मैं कभी नहीं भागूंगा। मैं जैसा हूं, वैसा ही ठीक हूं। बस, ऊपर उठूंगा, अपनी ज़मीन नहीं छोड़ सकता," मयंक बुदबुदाने लगा।

"अरे बाबा! मुंबई कौन जा रहा है। अपन तो कान्हा-केसली चल रहे हैं।" पापा ने टोका तो मयंक संयत हो गया।

पके आम

कॉलोनी के पास ही आमों का एक बागीचा था। वहां आम के बड़े-बड़े पेड़ लगे थे। मयंक अपनी मित्र-मंडली के साथ अक्सर वहां घूमने जाया करता था। हर बार बच्चों की नज़र एक बहुत ही बूढ़े आदमी पर पड़ती थी, जो बाग में काम करता रहता था।

उस साल आम की अच्छी फसल आई थी। प्रायः सभी पेड़ फलों से लदे थे। वहां से गुज़रते समय बच्चों के मुंह से लार टपकने लगती।

"क्यों न हम बूढ़े बाबा से आम मांगें?" अभिषेक ने सुझाव दिया।

"बेकार है, वह बूढ़ा कंजूस है, आम नहीं देगा," एक बच्चे ने कहा।

"तुम उसे कंजूस क्यों कहते हो?"

"देखते नहीं, वहां आम के कितने पेड़ लगे हैं, फिर भी वह बूढ़ा और भी छोटे आम के पौधे लगाता रहता है। इस उम्र में भी क्या मन नहीं भरा उसका?"

"सच," बच्चे आश्चर्य में पड़ गए। खुश होकर मयंक ने पूछा, "बाबा! एक बात बताइए, इस उम्र में भी आप रोज कड़ी मेहनत करते हैं। क्यों?"

"बेटा मैंने आम के छोटे पौधे लगाए हैं। उनकी देखभाल करता हूं, उनमें पानी डालता हूं।"

"पर बाबा, हमारी किताब में लिखा है कि सामान्यतः आम का पेड़ लगाने के बाद फल आने में पंद्रह साल लग जाते हैं। आपकी उम्र क्या है?" श्वेता ने झिझक कर पूछा।

"अस्सी साल, और मैं अब ज़्यादा दिन नहीं जिऊंगा।" बाबा ने बताया।

"फिर क्यों आप नए पौधे लगा रहे हैं? उसके फल तो आपको मिलेंगे नहीं, जब कि आपके पास पहले से ही इतने फलदार पेड़ मौजूद हैं?"

"वाह बेटा! अच्छा सवाल पूछा। जिन पेड़ों के फल मैं अब खा रहा हूं, वे मेरे पूर्वजों ने लगाए थे। बदले में मैं नए पेड़ अपनी आने वाली पीढ़ी के लिए लगा रहा हूं। हमें सिर्फ अपने स्वार्थ के लिए नहीं, अपितु आने वाली भावी पीढ़ी के लिए भी सोचना चाहिए। अब चारों तरफ देखो, पहले से ही देश में कितने कारखाने, बांध, मकान, सड़कें, रेलवे-स्टेशन आदि बने हुए हैं। वे हमारी ज़रूरतों को इस समय पूरा कर रहे हैं, पर इसका मतलब यह तो नहीं कि हमें आने वाली पीढ़ी और आबादी के लिए कुछ नहीं सोचना है। भविष्य के लिए हमें लगातार अपने साधनों का विस्तार करते रहना चाहिए, यही मानव सेवा है, सच्चा धर्म है।"

बच्चे मन्त्रमुग्ध हो, बाबा के वचनों को सुन रहे थे। वे वचन उन्हें पके आमों से ज़्यादा रसीले लग रहे थे।

चूहा पकड़ा गया

“अरे चूहे मेरे लिए एक गिलास पानी लाना” उर्मिला दीदी ने आवाज दी।

मेरे कान खड़े हो गए। भला चूहे से भी पानी मांगा जाता है क्या? इससे पहले कि मैं अपने प्रश्न का उत्तर पा सकूं दूसरे कमरे से जीजा जी ने आवाज़ दी, “ओ भाई चूहामल जी ज़रा इधर आएंगे। जूतों पर काफी धूल जम गई है।”

अभी तक खड़े कान सहसा उछल पड़े यह क्या? क्या इस घर में चूहे भी परिवार के सदस्य हैं। फिर चूहा भी कहीं नज़र नहीं आ रहा था, दीदी की लड़की मेघना सामने बैठी कोई मैग्ज़ीन पढ़ रही थी। मैंने उसे ही टटोला – “क्यों मेघना क्या चक्कर है? दीदी और जीजा जी किस चूहे को पुकार रहे हैं? कहीं तुम लोग श्वेता को चूहा तो नहीं मानते, पर बेचारी इतनी छोटी भी नहीं कि उसे चुहिया या चूहा कहो।”

“वाह मामाजी” – कहकर मेघना ने हंसना शुरू कर दिया, जब उसकी हंसी थोड़ी रुकी तो मैंने पूछा, “हंस लिया पेट भरकर, ज़्यादा पेट भरोगी तो डायजेशन खराब हो जाएगा समझी।”

“मामाजी आप चूहे के बारे में पूछ रहे हैं न”

“हां”

"देखिए इधर-उधर नज़र आ जाएगा। ज़रा ध्यान रखियेगा, अभी गुज़रने वाला है।"

"यह क्या पहेलियां बुझा रही हो।"

"पहेलियां बुझाऊंगी नहीं तो क्या उन्हें जलाऊंगी और फिर हंसी।"

"हमारे घर में माना कि इत्ता बड़ा चूहा है" – तभी श्वेता भी आ गई और अपने नन्हें हाथों को फैलाकर चूहे का साइज बताने लगी, बड़ा "किंग साइज" चूहा लगा वह।

"बाप रे इतना बड़ा चूहा! ज़रूर, तब तो वह इस से बड़े बिल में रहता होगा। भला इतनी बड़ी सुरंग तो कहां होगी तुम्हारे घर में? मुझे कहीं नज़र नहीं आ रही।

"नहीं मामा, वह बिल में नहीं गैरज में रहता है।"

"तो आओ गैरेज में चलकर उसके दर्शन कर आएं" मैंने इच्छा प्रकट की।

"दर्शन की फीस लगेगी," मेघना बोली जिसका समर्थन श्वेता ने भी किया।

मुझे झुंझलाहट होने लगी, "क्या कल की आइसक्रीम इतने जल्दी पिघल गई? चलो आज शाम डोसा भी खिलायेंगे, अब बताओ।"

"दरअसल मामाजी हम लोग चूहा इसे कहते हैं" मेघना ने दरवाज़े की ओर इशारा किया।

"इसे" सामने दरवाज़े पर ट्रे लिये हुए शिल्लू खड़ा था।

"हां शिल्लू को ही चूहा कहते हैं।"

क्यों भाई अच्छा खासा लड़का है वह, मुझे तो कहीं से ही चूहा नज़र नहीं आता वह, न तो उसकी दुम है।"

नज़र नहीं आता, पर वह है चूहा। वैसे उसका नाम शिल्लू है, पर हम लोग उसको चूहा कहने लगे हैं। बड़ी मज़ेदार कहानी है इसके पीछे।

"कहानी पीछे हो या आगे, भई हमें कहानी छुनाओ, हम कानी छुनेंगे।"

दिया गया है, उसी तरह पेड़ों को भी नम्बर दिये गये हैं।" मयंक बीच में बोला।

"तो क्या पेड़ भी क्वार्टर की तरह अलाट किये गये हैं?"

"हां, क्यों नहीं।"

"किनको? यह किसकी कॉलोनी है?"

"अरे बाबा! यह हमारी नहीं, बल्कि जानवरों की कॉलोनी है और बन्दरों और अन्य पक्षियों को ये पेड़ क्वार्टरों की तरह अलाट किये गये हैं," मयंक हंसकर बोला।

"तभी तो पक्षी कभी अपना घर नहीं भूलते। दिन भर इधर-उधर उड़ते हैं और शाम को अपने पेड़ पर लौट आते हैं। अवश्य ही उन्हें

छोटे बच्चे की तरह लाड़ से हम बोले तो श्वेता खिलखिला पड़ी और बोली – "मामाजी मत रोईए, चुप हो जाईए अच्छे बच्चे रोते नहीं।"

"तो कानी छुनाओ।"

"छुनाते हैं, छुनाते हैं, पर यह कहानी नहीं, सच्ची बात है सत्य कथा है, हुआ यह कि जब हम लोग नए-नए यहां आये तो घर में बड़ी गड़बड़ चलती थी।

"क्यों नहीं होती होगी गड़बड़, जिस घर में मेघना और श्वेता जैसी शैतान लड़कियां हों, उस घर में गड़बड़ होना सरासर स्वाभाविक है। स्वाभाविक ही नहीं, ज़रूरी भी है।" मैंने उन्हें छेड़ा।

"आप बीच में टोकेंगे मामाजी तो हम कहानी नहीं सुनाएंगे।"

"तब तो घाटा हो जाएगा, तो भई अपने मुंह पर हम तालाबंदी कर लेते हैं। हां तो आगे बोलो।"

"हमारे यहां पापाजी हर माह की दूसरी तारीख को घर का सामान लाते हैं घी, तेल, शक्कर, पेस्ट, साबुन।" मेघना बोल रही थी।

"अरे तू तो घर गृहस्थी को अच्छी तरह समझने लगी, तेरा पति काफी सुखी रहेगा।" मैंने कहा।

"आप फिर बोले।" मेघना झल्लाई।

"तौबा-तौबा हम चुप हो गए।"

"हां तो मामाजी हमारे यहां महीने में नहाने वाले दो साबुन ख़र्च होते हैं, बल्कि दूसरा आता तो माह खत्म होने के बाद भी बच जाता था।"

"अच्छा!"

"हां मामाजी", श्वेता बोली, "ज़्यादा साबुन मेघना को ही लगता, काली कलूटी है न, इसलिए खूब रगड़-रगड़कर साबुन से तीन बार नहाती है, साबुन घुलता जाता है, पर यह गोरी नहीं होती।"

"चल हट, ज़रा साफ रंग क्या हो गया तेरा, अपने आपको मिस इण्डिया समझने लगी, रंग से क्या होता दिमाग़ से होता है, तेरा दिमाग़

कितना मैला है, उसे खुशबूदार साबुन से धो लेना, समझीं।" मेघना गुर्रा रही थी।

"भई हमारी कहानी, हमें झगड़े से क्या लेना देना?" मैंने बीच में टोका।"

"हां मामाजी तो हमारे यहां औसतन दो साबुन महीने में ख़र्च होते हैं। पर एक बार कुछ ऐसा हुआ कि दोनों साबुन खत्म हो गए पर महीना खत्म नहीं हुआ। महीना खत्म होने में लगभग बारह दिन बाकी थे, मैं जब बाथरूम में गई तो साबुन नदारद देखकर मम्मी को आवाज़ दी, मम्मी ने आलमारी देखी वहां भी साबुन नहीं था, मम्मी बोली, वहीं कहीं होगा। शायद परसों ही तो नई बट्टी निकाली थी मैंने अच्छी तरह देखा। साबुन की बट्टी नहीं मिली, खैर जैसे-तैसे बग़ैर साबुन के ही नहा लिया बाहर निकलकर आई तो देखा मम्मी थोड़ा चिन्तित थीं। पापा ने समझाया, अरे, भई, इधर-उधर कही रख दिया होगा। पापा उसी दिन शाम को दफ्तर से लौटते समय नई बट्टी खरीद लाये, बात आई और चली गई, लेकिन अगले हफ़्ते फिर बट्टी ग़ायब। अब की बार मम्मी ने ज़रा ज़्यादा हंगामा मचाया। पापा बोले, ज़रूर किसी ने नहाने के बाद बट्टी नीचे छोड़ दी होगी। या तो वह नाली में बह गई या फिर चूहा ले गया होगा। मम्मी ने शिल्लू पर भी शक किया उससे पूछताछ भी की, तो वह बोला, हम नहीं ले गए बाई साहब, ये चूहे बड़े बदमाश हैं, मैंने कल से स्टोर वाले कमरे में एक बहुत बड़ा चूहा देखा। वही साबुन को चाकलेट समझकर ले जाते हैं। जब कुछ पता नहीं लगा, तो यह मान लिया गया कि वाक़ई इस घर के चूहे काफ़ी ख़तरनाक हैं। एकाध बार दूसरे साबुन पर उनके कुरेदन से दांत के निशान भी बन गये थे। पापा ने मज़ाक में कहा, ज़रूर चूहे राम अपनी चुहिया को सुंदर बनाए रखने के लिए साबुन ले जाते हैं। उनकी चुहिया अपने सुगंधित साबुन से नहाती होंगी, फिर तो यह आम बात हो गई कि साबुन कभी भी गायब

हो जाता और हम मन मारकर यही सोचकर तसल्ली कर लेते कि यह चूहे राम की करामात है।" मेघना बोलते-बोलते रुक गई।

"अच्छी रहस्य रोमांच वाली जासूसी कहानी है यह तो, आगे क्या हुआ?" मैंने पूछा।

"एक दिन की बात है। गर्मी के दिन, शाम को हम बंगले के लॉन पर खेल रहे थे और इधर-उधर गार्डन पाइप से पानी उछाल रहे थे। बड़ा मज़ा आ रहा था। वहां शिल्लू भी बारी में काम कर रहा था। श्वेता को शरारत सूझी। उसने शिल्लू के ऊपर पानी उछालना शुरू दिया। पहले तो शिल्लू चिढ़ा, फिर उसने कहा, चलो गर्मी के दिन हैं क्या फर्क पड़ता है, अच्छा ही है हम लोगों को भी मज़ा आने लगा और हम उसे अच्छी तरह सोचने लगे। वह इधर-उधर भागता। हम उसके पीछे भागते। एकाएक शिल्लू की पेंट से झाग निकलने लगा, हम रुक गए। उसी वक्त पापा भी आ गए, हम लोग घबरा गए कि अब हुई पिटाई। पर पापा ने शिल्लू से कहा, क्यों रे पेन्ट की जेब में क्या है, जो इतना झाग निकल रहा है? पहले तो उसने आनाकानी की, फिर जेब में हाथ डालकर साबुन की गोली बट्टी बाहर निकाल दी। पापा ने मुझे उसी वक़्त बाथरूम में भेजा। मैंने वहां देखा कि बट्टी नहीं थी, सारा मामला साफ हो गया। झाग के कारण शिल्लू की चोरी पकड़ी गई। पापा बोले तो ये है चूहा। पापा और मम्मी ने उसे खूब डांटा, वह रोने लगा। उसने माफी मांग ली, पर हम लोगों ने उस दिन से उसका नाम चूहामल रख दिया, तो इस तरह वह चूहा पकड़ा गया।"

तभी पड़ोस के कमरे से शिल्लू की आवाज आई, "बाई साहब बिल्ली आई है, अभी-अभी दूध देख लीजिएगा।"

"चूहा जो है" मैंने कहा और हम सब खिलखिला पड़े।

दुगुना दर्द

सभी सतीश का इंतज़ार कर रहे थे, बात ही कुछ ऐसी हो गई थी, विनोद ने अपनी गुलेल से निशाना लगाते हुए कहा – "अब क्या आएगा वह? अपन सबको चकमा दे गया!"

"नहीं, वह ज़रूर आएगा," अशोक ने कहा।

"मान लिया – आएगा, लेकिन ऐसी भला कौन-सी चीज़ लाएगा?" हाथ मटका कर अन्नू बोली।

"यह तो मैं भी नहीं बता सकता," अशोक ने लाचारी के साथ कहा।

विनोद ने कहना शुरू किया – "वह क्या टिकेगा मेरी गुलेल के सामने...उसे निशाना लगाना ही नहीं आता। मुंह छिपाना होगा, इसलिए बकबक करता हुआ चला गया..."

"लो, वह आ गया!"

सबने घूमकर देखा, सतीश आ रहा था। सतीश के हाथ में बंदूक थी, सब चौंक गए।

"बाप रे, यह तो बंदूक ले आया!" अन्नू ने सिहरकर कहा।

तब तक सतीश पास में आ चुका था। अशोक और विनोद उससे कुछ बोलें, इससे पहले ही सतीश ने कहा – "देखा, यह है

एयर-गन...अब मैं इससे निशाना लगाऊंगा। तुम अपनी गुलेल के लिए गोल-गोल पत्थर खोजा करो... मेरे पास छर्रों की डिबिया है!"

"अरे वाह! तू कहां से लाया बंदूक?" अशोक ने पूछा।

"सतीश, तुम्हारी इस बंदूक से तो मुझे डर लगता है..."

"डर क्यों? मैं तुम्हें थोड़े ही मारूंगा, यह तो चिड़िया मारने के लिए है..."

"चिड़िया! तुम चिड़िया मारोगे?"

"तो क्या हुआ? मैं कोई जैनी थोड़े ही हूं जो हिंसा से डरूं?"

"अब अपना शिकारी-दल फिर से शिकार पर निकले क्या?" विनोद में उत्साह था।

"हां-हां, क्यों नहीं? जंगल कब से अपना इंतजार कर रहा है! लेकिन एक बात है, पहले हम अपने शिकारी-दल का नेता चुन लें, तो अच्छा रहे," सतीश ने प्रस्ताव रखा।

सब समझ गए कि सतीश ने यह प्रस्ताव अपने लिए रखा है। अशोक ने "हां में हां" मिलाते हुए कहा, "अरे सतीश, तेरे सिवाय और कौन हो सकता है नेता! फिर तुम्हारे पास तो "एयर-गन" भी है। अच्छा हमें भी चलाने दोगे न?"

"सोचूंगा..." कहकर सतीश आगे-आगे चलने लगा। उसके पीछे सभी हो लिए।

विनोद को अपनी गुलेल "एयर-गन" के सामने बहुत छोटी लग रही थी। सामने टीन का एक पुराना डिब्बा पड़ा था। अन्नू ने चिल्लाकर कहा – "यह रहा अपना शिकार... !"

सब सतर्क हो गए। अशोक ने अन्नू को झिड़कते हुए डांटा – "इस तरह चिल्लाया नहीं जाता, वर्ना शिकार भाग जाएगा..."

"भागेगा कैसे?" कहते हुए निशाना ताककर विनोद ने अपनी गुलेल का पत्थर छोड़ दिया। टक् से वह डिब्बे पर लगा और डिब्बा लुढ़क गया। सतीश ने घुटने पर रखकर अपनी बंदूक को मोड़ा और उसमें

छर्रा भर दिया। जब सतीश निशाना साधने लगा तो अन्नू ने अपने कानों पर उंगलियां रख लीं।

"डरपोक कहीं की !... क्यों, सतीश, इससे झटका तो लगता होगा ?" अशोक ने पूछा।

"हां, लगता है। पर अपना कंधा मजबूती से कड़ा रखो, तो कुछ नहीं होता।"

उसके ट्रिगर दबाते ही "सर्र" की आवाज़ हुई। एक पल के लिए सबकी आंखें बंद हो गई थीं, लेकिन कुछ नहीं हुआ। डिब्बा हिला तक नहीं।

"निशाना जमा नहीं, वर्ना डिब्बे में छेद हो जाता," सतीश ने तनिक निराश होकर कहा।

"कोई बात नहीं, लाओ ज़रा मुझे दो," इसी बहाने अशोक ने बंदूक लेने के लिए हाथ बढ़ाया। पर सतीश ने मना करते हुए कहा "ठहरो, यार, मैं इस डिब्बे को छेद करके ही रहूंगा..."

तब तक विनोद ने दूसरी बार पत्थर फेंककर डिब्बे को हिला दिया और कहा – "चलो, अब आगे बढ़ें, एक और मजेदार शिकार मेरे ध्यान में आया है।"

"कौन सा ?" अशोक ने पूछा।

"अरे ज़रा ठहरो... ये लो..." सतीश के मुंह से निकला और सर्र से छर्रा छूटकर डिब्बे पर लगा।

"वाह !" अन्नू बोली।

अपनी बिन उगी मूंछों पर सतीश ने हाथ फेरा – "हां, तो, विनोद, तुम किस शिकार की बात कर रहे थे ?"

"आओ... चलो मेरे साथ..." विनोद बोला।

सब आगे बढ़े और बगीचे से निकलकर सड़क के मोड़ पर आ गए। विनोद बिजली के एक खंबे के पास रुक गया। उसने बल्ब की ओर इशारा करते हुए कहा – "देख रहे हो न उस बल्ब को।"

एकाएक अन्नू बोली – "हाय राम! तुम सरकारी बल्ब को फोड़ोगे।"

"... हां, तू डरती क्यों हैं?" विनोद ने गुलेल तान ली। सतीश ने एयर-गन में छर्रा भर लिया।

"वाह! मज़ा आएगा! देखें कौन फोड़ पाता है इसे?" अशोक ने ताली बजाई।

"मज़ा तो तब भी आया था, जब यहां बल्ब नहीं था और उस रात को अंधेरे में विनोद महाराज की साइकिल पत्थर से टकरा गई थी। कितने मज़े थे धड़ाम से गिरने में!" अन्नू ने हाथ मटकाकर कहा।

सुनकर विनोद रुक गया। उसने अपनी गुलेल नीचे झुका ली – "मैं इस बल्ब को नहीं फोड़ूंगा..."

"क्यों, डर गए... ?" सतीश ने ललकारा।

"क्या डर गए...! यहां रात में अंधेरा हो जाएगा, कोई किसी से भिड़ गया, तो?"

"खैर, जैसी तुम्हारी मर्जी... तो चलो कोई दूसरा शिकार खोजें, अरे...वह देखो कितना गंदा पिल्ला है – एकदम मरियल और आवारा! इसी पर निशाना लगाया जाए..."

"हाय राम!" अन्नू बोली – "पिल्ले ने तुम्हारा क्या बिगाड़ा है! उस पर भला क्यों निशाना लगाते हो? वह तो मुहल्ले की सीधी-सादी कुतिया का इकलौता पिल्ला है... किसी पर भौंकता ही नहीं!"

"अरे दादी जी, अपना उपदेश रहने दीजिए। अगर इतनी ही दयावान हो, तो हमारे साथ मत आओ, जाओ भागो यहां से..." सतीश की आवाज़ में एक कड़क थी। वह पिल्ला कचरे के ढेर में सूंघ-सूंघ कर कुछ खाने की चीज़ ढूंढ़ रहा था। विनोद एक बार हिचकिचाया, लेकिन सतीश का उत्साह देखकर उसने गुलेल से निशाना साधा। वह निशाना न लगा सका और पत्थर कहीं और चला गया। सतीश का

छर्रा पिल्ले की टांग पर लगा। पिल्ला जोर से कूं-कूं करके लंगड़ा कर एक ओर भाग गया। पिल्ले की दर्दनाक चीख सुनकर अन्नू ने अपने कान बन्द कर लिए – "हाय हाय, कितने पापी हो तुम! उस बिचारे ने तुम्हारा क्या बिगाड़ा था? उसे दर्द हो रहा होगा!"

"हूं, देखा मेरा निशाना..." सतीश ने अन्नू की बात अनसुनी करते हुए कहा।

"सतीश, तेरे भैया आ रहे हैं!"

सचमुच दूर सड़क पर साइकिल चलाते हुए सतीश के भैया आ रहे थे। हड़बड़ाकर सतीश बोला – "मैं अभी आया घर से... ज़रा बंदूक रख आऊं, वर्ना भैया मेरी...

सतीश चला गया और थोड़ी देर बाद बंदूक रखकर आ गया। इस बीच विनोद ने भी अपनी गुलेल जेब में रख ली। सतीश ने आते ही कहा – "चलो कोई दूसरा खेल खेलें..."

"कौन सा?"

"बहुत दिनों से गुलाम-डंडा नहीं खेला। चलो उस अमरूद के पेड़ पर खेलेंगे।"

"मैं अपना गिल्ली का डंडा लेकर अभी आता हूं", अशोक ने कहा।

पेड़ के नीचे पहुंचकर विनोद ने गोला बनाया। दांव विनोद पर ही पड़ा। अशोक डंडा फेंकने लगा, तो सतीश ने कहा, "ला मुझे दे, मैं खूब दूर फेंकूंगा।"

अन्नू और अशोक पेड़ पर चढ़ गए। सतीश ने पूरी ताक़त लगाकर, टांग के नीचे से डंडा फेंकने के लिए हाथ घुमाया, लेकिन डंडा उसके ही घुटने ही हड्डी पर ज़ोर से लगा। अन्नू के मुंह से चीख निकल गई। सतीश अपना पैर पकड़कर जमीन पर बैठ गया। वह बुरी तरह तिल-मिला रहा था और किसी तरह अपनी रुलाई को रोकने की

कोशिश कर रहा था। अन्नू दौड़ पड़ी – "मैं जाकर सतीश की मम्मी से कहती हूं...।"

थोड़ी देर बाद सतीश उठ खड़ा हुआ। अशोक और विनोद ने उसे पकड़ रखा था। जब सतीश ने अपना पैर ज़मीन पर रखा, तो दर्द और बढ़ गया। वह लंगड़ाकर चलने लगा। घर के गेट पर पहुंचकर उसने अशोक और विनोद से कहा – "मैं चला जाऊंगा..."

लंगड़ाकर वह आगे बढ़ा, किंतु फिर सहसा रुक गया। सामने वही पिल्ला था जो उसकी ही तरह लंगड़ाकर चल रहा था और कुतिया उसको चाट रही थी। सतीश को लगा – उसमें और पिल्ले में कोई अंतर नहीं; दोनों लंगड़ाकर एक ही तरह चल रहे थे। पिल्ले की टांग से खून बह रहा था और उसकी टांग का घुटना इतना छिल गया था कि उसमें से खून की बूंदे रिस रही थीं। एकाएक सतीश को दुगना दर्द महसूस होने लगा, जैसे पिल्ले का दर्द भी उसे लगा हो, क्योंकि इसकी वजह तो वह खुद ही था!

सतीश की मम्मी पट्टी लेकर दौड़ी आई। जब वह पट्टी सतीश के पैर पर बांधने लगीं, तो उसने कहा, "एक मिनिट, मम्मी, जरा पट्टी देना..."

उसने पट्टी के दो टुकड़े किए और एक मम्मी को दे दिया। पट्टी का दूसरा टुकड़ा लेकर वह पिल्ले की ओर बढ़ा। कुतिया उस पर ज़ोर-ज़ोर से भौंकने लगी। इसकी परवाह न करते हुए उसने पिल्ले को पकड़ा और उसकी टांग में पट्टी बांधने लगा। वह पिल्ले को पट्टी बांध रहा था और उसकी मम्मी उसे पट्टी बांध रही थीं!

अब कुतिया ने भी भौंकना बंद कर दिया था।

मम्मी की जासूसी

परिवार-परिषद् की मीटिंग कब बैठ जाए, कोई निश्चित नहीं। एक बार इतवार के दिन असमय सभा जम गई। मम्मी की कमी अखर रही थी। आख़िर मन्नू चिल्ला उठा – "मम्मी, जल्दी आओ, हरदम काम करती रहती हो, आज तो इतवार है !"

"हूं, इतवार की छुट्टी हमारी रहती है, लेकिन मम्मी की नहीं। जिस दिन हमारी छुट्टी रहती है उस दिन मम्मी का काम और बढ़ जाता है, समझे" – कन्नू ने समझाया।

"तभी तो मम्मी को ऐसे में "ओवरटाइम" में कार्य निपटाना पड़ता है" – पापा ने मज़ाक बनाया, पर समझ में केवल, दूसरे कमरे से आती हुई, मम्मी को आया।

"परसों से हमारी गर्मी की छुट्टियां शुरू हो रही हैं।" – मन्नू ने खुश होकर घोषित किया।

मम्मी ने नाक-भौं सिकोड़ा – "और मुसीबत। अभी क्या कम तंग करते हो तुम लोग, छुट्टियों में तो भगवान बचाए !"

"ऑफिस में अधिक काम आ जाएगा, अभी से घबरा रही हो, बॉस होकर ज़रा सोचो।" – पापा ने मम्मी से हंसकर कहा।

"मैं क्या घबराऊंगी, मैं जो ठहरी इस घर की चौबीस घण्टे की नौकरानी" – मम्मी ने हीन-भाव से कहा।

छोटे कन्नू ने तपाक से कहा – "झूठ। अगर तुम नौकरानी हो तो पापा अपनी पूरी तनख्वाह तुम्हें थोड़े ही देते। तुम तो मालकिन हो मालकिन !"

सुनकर मम्मी मुस्कुरा पड़ी और बाकी सबने ठहाका लगाया, मन्नू ने ज़रा ज़ोर से, क्योंकि आज वह ज़रा ज़रूरत से ज़्यादा खुशमिज़ाज नज़र आ रहा था। मम्मी ने तीखी दृष्टि उस पर डालकर पापा से कहा –

"देखो, आज मन्नू कितना हंसमुख है ?"

"है तो सही।"

"इसका कारण जानते हो।"

"भला क्या है, तुम्हीं बताओ।"

"भूल गए आज शाम उसके लिए टेरीलीन की नई हॉफ पेंट जो आने वाली है !"

सही बात सुनकर मन्नू झेंप सा गया। पापा बोले – "वाह, तुम तो किसी जासूस से कम नहीं हो।"

"यह भी कोई जासूसी हुई। इतना नहीं समझूं तो गृहस्थी चलाऊं कैसे ?"

शाम को मन्नू के लिए टेरीलीन की नई पेंट आ गई। जितनी हलचल मन्नू के अपने दिमाग़ में हुई उतनी ही घर में। मम्मी ने हिदायत दी – "कम से कम तीन साल चलना चाहिए इसे, समझे ! और देखो इसे पहनकर कूदना-कादना नहीं, पेड़ पर भी मत चढ़ना, नहीं तो फट जाएगी।"

पेंट आने पर सबसे पहली घटना हुई – मन्नू और कन्नू की मारपीट। हुआ यह कि नए पेंट को पहने-पहने मन्नू मियां उसकी फिटिंग पर इतरा रहे थे कि उनकी बांह पर किसी ने बड़ी ज़ोर से चिकोटी काटी। इससे पहले कि वह इस अकस्मात आक्रमण का जवाब देता, कन्नू ज़ोर से चीखा – "न्यूपिंच।"

मन्नू कसमसा कर रह गया, "न्यूपिंच" तो परंपरा है, भला इसे कैसे तोड़ा जा सकता है? मन्नू ने "थैंक्यू" कहकर छुटकारा पाया।

कई बार जब कन्नू नए कपड़े पहनता था तो मन्नू उसे "न्यूपिंच" की दर्जनों चिकोटी काट-काटकर परेशान करता था। आज कन्नू भी बदला चुकाने पर तुल गया था। मन्नू के लिए यह असहनीय हो गया, फलस्वरूप झड़प के बाद हाथा-पाई शुरू हो गई, खैर ऐसा तो होता ही रहता है।

अब छुट्टियां भी शुरू हो गई, जैसा कि मम्मी का अनुमान था, उनके ऑफिस में अनुशासनहीनता, अव्यवस्था, अनियमितता तथा तमाम "अ" गुण पनपने लगे! मम्मी ने भी व्यवस्था को बनाए रखने का सतत प्रयास ज़ारी रखा। दोपहर में कन्नू और मन्नू को कोई काम नहीं था, वे घर के बाहर निकल जाते, सूखे बगीचे में तफरीह करते। पिछवाड़े में जाने की सख्त मनाही थी, क्योंकि वहां गंदगी तो थी ही साथ में कांटे और कांच के टुकड़े भी थे फिर भी वे दोनों जब-तब वहां मुआयना करने पहुंच जाते थे, क्योंकि मम्मी के आदेश का उल्लंघन करना उन दोनों की हाबी थी।

उस दिन इतवार था। पापा भी घर में ही थे। दोपहर में सोने का प्रोग्राम था। सोने के कमरे में सोने वाले सो रहे थे और ऊधम करने वाले ऊधम कर रहे थे। कन्नू लेटा हुआ था – मन्नू उसे लांघ गया। कन्नू लेटे-लेटे चिल्लाया – "मुझे एक बार और नाको।"

"नहीं नाकूंगा।"

"ऐं... ऐं – " कन्नू ने कहा, "फिर मैं बड़ा नहीं होऊंगा।"

"अच्छा है, तू छोटा ही रहे" – मन्नू ने तुनककर कहा फलस्वरूप कन्नू भिनक गया। मारपीट के उपरांत जब स्थिति पर काबू पाया गया – तब कमीशन ने इस मारपीट-कांड के प्रकरण पर जांच शुरू की, बयान इस प्रकार थे –

कन्नू – "मम्मी, यह बात सर्वविदित है कि लेटे हुए आदमी के ऊपर से जब कोई दूसरा नाक जाता है, तो वह आदमी फिर लम्बाई में बढ़ता नहीं। मन्नू को चाहिए कि वह एक बार फिर मुझे लांघे, क्योंकि दो बार लांघने पर कुछ नहीं होता।"

"अच्छा – "मम्मी ने निष्कर्ष निकाला – "कन्नू, कोई दूसरा तुम्हें नाक जाए तो काम बन जाएगा अथवा नहीं। मैं तुम्हें लांघ जाऊंगी।"

कन्नू चुप रहा उसे यह नहीं मालूम था। उसके किसी दोस्त ने कभी उसे क्लास में बता दिया था कि एक बार लांघ जाने से लम्बाई बढ़ती नहीं – बस!

मन्नू भी इसे जानता था। चूंकि कन्नू को सूझा नहीं, फलस्वरूप बात यहीं समाप्त हो गई।

अब छुट्टियां हो जाने से मन्नू को एक बात खटकने लगी थी कि उसे टेरीलीन की पेंट पहनने को नहीं मिलती थी। मम्मी का कहना था कि दिन भर खेलते रहने के कारण पेंट गंदा हो जाएगा। फट भी सकता है! उस दिन खूब ज़िद की मन्नू ने जिसकी वजह से पेंट मिल तो गई, पर इस शर्त पर कि मन्नू उछल-कूद नहीं करेगा – अगर पेंट ज़रा भी गंदी हुई, तो उसे मार भी पड़ सकती है। शौक से पेंट पहननें के बाद मन्नू बैठक में बैठे-बैठे सोचने लगा – मुझे क्या करना चाहिए?

तभी उसने खिड़की पर फुदक रही चिड़िया को देखा। चिड़िया का फुदकना देखकर उसका मन गद्‌गद्‌ हो उठा, इच्छा हुई कि स्वयं फुदकने लगे। फिर सोचने लगा क्यों न चिड़िया को पकड़ा जाए। पर कैसे? यह सोचना ही उसे दिलचस्प लगा। वह खोया-खोया सा खाने के कमरे में आया। वहां प्लेटों में जो जूठन बच गई थी – उसे चिड़िया खा रही थी। इसको देखते ही उसे एक आइडिया हो आया।

वैसे मन्नू का मस्तिष्क था भी सक्रिय और बुद्धि भरा। उसने एक टोकरी ली। पतंग की डोर का हुचका भी उठा लिया। उसने एक लम्बी सी लकड़ी के लिए इधर-उधर देखा। जब नहीं मिली तो लपककर अपने बस्ते से स्केल निकाल लाया। सब सामग्री लेकर वह आंगन में आया। एक कोने में उसने टोकरी को औंधा कर रखा और उसका एक भाग उठाकर खड़े स्केल पर रख दिया। डोर के छोर को स्केल से बांध दिया। डोर को खोलता हुआ वह हुचका लेकर आंगन में उस कोने में चला गया जहां से रसोई घर लगा था। यहीं पर मोरी बनी थी जहां बरौनी बरतन मांजा करती थी। मोरी की दीवार की आड़ में वह बैठ गया। यहां से बैठे-बैठे उसने अपने हाथ की डोर को झटका देकर खींचा जिससे उस छोर पर बंधा स्केल गिर गया और टोकरी भी औंधी हो गई। मन्नू का पिंजड़ा तैयार हो गया।

वह रसोई से चावल के कुछ दाने ले आया। उसने अपना पिंजड़ा फिर जमाया। टोकरी के नीचे उसने दाने रख दिये। उसकी योजना इस प्रकार थी – जैसे ही चिड़िया दाने खाने के लिए टोकरी के नीचे आएगी, वह डोर खींच देगा जिससे स्केल गिरते ही टोकरी औंधी हो जाएगी, यानी चिड़िया उसमें क़ैद हो जाएगी।

एक शिकारी की भांति जाल फैलाकर मन्नू मोरी की दीवार की आड़ में उचका लेकर बैठ गया। मन्नू इस तरह बैठा कि वह आसानी से टोकरी पर निगाह रख सकता था। बड़ी प्रतीक्षा करने के बाद भी चिड़िया तो एक नहीं, गिलहरी अवश्य भूल भटके उधर आ गई सौभाग्यवश टोकरी के नीचे ही। मन्नू एकदम उत्तेजित हो गया। उसने डोर खींच दी, टोकरी छप से गिरी इस तरह कि गिलहरी उसमें ढक गई। मन्नू खुशी से उछल पड़ा।

मन्नू चीखा – "फंस गई... कि नीचे से आवाज़ आई – "चिर... चि...इ...।"

मन्नू एक धक् रह गया। उसने पेंट की ओर देखा जो मोरी की दीवार की एक कील में फंसकर बहुत फट गई थी। एक तरफ का हिस्सा पूरा चिर गया था। मन्नू सहमा हुआ था कि तभी वहां कन्नू यह पूछता हुआ आ गया – "क्या फंस गई मन्नू।"

मन्नू का चेहरा फक हो गया। उसने फ़ुर्ती के साथ एक हाथ से पेंट का फटा हिस्सा पकड़ लिया। पकड़े-पकड़े उसने कहा – "वो टोकरी है न, उसमें गिलहरी फंसी है। तू देख, मैं अभी आता हूं।"

फिर हड़बड़ाकर मन्नू बाथरूम में भाग गया। भाग्य से मन्नू की पुरानी पेंट वहीं धोने के लिए पड़ी थी, थोड़ी गीली थी, पर मन्नू ने इसकी परवाह न की और पेंट बदल ली।

दूसरे दिन घर में सनसनी फैल गई – मन्नू की टेरीलीन की नई पेंट लापता थी। मम्मी खोजते-खोजते हैरान हो गई थीं। नौकर पर शक बढ़ रहा था। मन्नू का कहना था कि दोपहर में ही उसने पुरानी पेंट पहन ली थी और टेरीलीन की पेंट को उतारकर आलमारी में रख दिया था, ताकि पेंट गन्दी न हो जाए। मम्मी मन्नू के इस किये पर खुश थीं, पर सोच भी रही थीं – "आखिर आलमारी से जाएगी कहां?"

बड़े ज़ोर से घर के कोने-कोने में छानबीन हुई। मम्मी ने नौकर से पूछताछ की, पर नतीजा कुछ न निकला। मन्नू अपने बयान पर डटा रहा। मम्मी बहुत झुंझलाई, बड़-बड़ाई कि नई की नई पेंट ग़ायब हो गई। फिर धीरे-धीरे मामला ठण्डा पड़ गया।

चौथे दिन की बात है मम्मी कप धोने के लिए मोरी पर आईं। कप पर लगे दाग को घिसने के लिए उन्हें किसी पुराने कपड़े की आवश्यकता महसूस हुई। उसी समय उनकी नज़र मोरी की दीवार की कील पर गई जिसमें एक चिन्दी अटकी थी। मम्मी ने हाथ बढ़ाकर वह चिन्दी खींच ली। मम्मी ने चिन्दी को गौर से देखा – उनका दिमाग़

चल पड़ा – चिन्दी चिकनी और साफ थी यानी टेरीलीन की थी। मम्मी ने सोचा – "ये कीमती कपड़े की चिन्दी यहां कैसे आई", फिर उन्हें ध्यान आया मन्नू के पेंट का। मम्मी ने फिर गहनता से सोचा फिर चुटकी बजाते हुए आवाज़ दी –

"मन्नू, ओ मन्नू! इधर आना!"

"क्या मम्मी, कहा तो न कि मैं पिछवाड़े नहीं जाऊंगा।"

"हूं नहीं जाओगे" – मम्मी गुर्राकर बोली – "ज़रूर जाओगे समझे।"

कहकर मम्मी ने मन्नू का हाथ पकड़ा – "चलो मेरे साथ पिछवाड़े।"

मन्नू ने विरोध किया, पर मम्मी उसे घसीटते हुए ले गई। पिछवाड़े पहुंचकर मम्मी ने अपनी नाक को पल्लु से ढक लिया, पूछा – हां तो बताओ कहां फेंकी है पेंट?"

मन्नू की घिग्घी बंध गई। मन्नू के मुंह से कुछ न निकलता देख मम्मी ने खुद इधर-उधर देखा। एक ओर की झाड़ियों के पीछे कुछ मिट्टी खुदी हुई सी दिखाई दी। मम्मी ने झटपट मिट्टी हटाई – वहां गड़ा हुआ पेंट मिल गया।

"तो यह बात है, एक तो पेंट फाड़ी, यानी कसूर किया और फिर सज़ा से बचने के लिए सबूत को नष्ट भी कर दिया।" इस वाक्य के खत्म होते ही एक चांटा मन्नू के गाल पर पड़ा। सारा मामला पापा के सामने पेश किया गया। अपराधी ने अपना अपराध स्वीकार किया।

जासूस-मम्मी को सफलता के लिए बधाई दी गई। पापा की ओर से उन्हें पुरस्कृत किया गया कि वे छुट्टियों में मायके जा सकती हैं।

प्याऊ

पात्र-परिचय

पापा	:	शुभम के पिता, समाज सेवक
रज़िया	:	असलम की मां
शुभम	:	उम्र-11 वर्ष
असलम	:	उम्र-13 वर्ष (फुटबॉल का दक्ष खिलाड़ी)
सम्यक	:	उम्र-10 वर्ष
गुरुबख्श सिंह	:	उम्र-10 वर्ष
आदित्य	:	उम्र-12 वर्ष
आदमी	:	पहले फेरीवाला और फिर प्रदूषण सिंह बनता है।
गार्ड-1	:	बंदूकधारी
गार्ड-2	:	बंदूकधारी
बच्चा-1	:	वैन का डिब्बा उठाने वाला
बच्चा-2	:	वैन का डिब्बा उठाने वाला

(मंच पर बाईं ओर नल के साथ पानी की टंकी लगी है और उसके आगे बाल्टी तथा दूसरे बरतन लिए हुए लोग आपस में चिल्ल-पों मचा रहे हैं। असलम की बीमार मां रजिया भीड़ से अलग घड़ा

लिए खड़ी हैं। दाईं ओर एटीएम बॉक्स है! मंच के दाईं ओर से शुभम फुटबॉल उचकाता हुआ प्रवेश करता है।

शुभम : इतना टाइम हो गया, कोई नहीं आया! आज भी गेम पूरा नहीं हो पाएगा?

(तभी असलम बालटी लिए आता है।)

शुभम : अरे असलम, बाकी लोग कहां है? फुटबॉल का गेम शुरू करना है!

असलम : मैं अभी नल पर जा रहा हूं। घर में पानी नहीं है। मां भी बीमार है!

शुभम : ऐं... ऐं, याद आया! मम्मी ने मुझे पानी लाने को कहा था, पर मैं टाल गया कि फुटबॉल खेलने का समय हो गया है!

असलम : तू वैसा कर सकता है, पर मैं नहीं! देख, तेरे पापा खुद लाइन में लगने की कोशिश कर रहे हैं। शेम!

(असलम जाकर मां को संभालता है)

शुभम (चिल्लाकर): सॉरी पापा...!

पापा : शरमाने की ज़रूरत नहीं। तुम लोग खेलो, फुटबॉल का आनंद लो।

शुभम : पर बाकी खिलाड़ी नहीं हैं!

पापा : आ जाएंगे।

(तभी आदित्य प्रवेश करता है।)

आदित्य : बाकी साथी कहां हैं?

शुभम : सब वहां लाइन में लगे हैं!

आदित्य : हां सुना है, पानी नहीं आया!

(आदित्य ने बैग से बोतल निकालकर पानी पिया। फिर सिलेंडर से ऑक्सीजन खींची।)

आदित्य : आजकल शुद्ध हवा कहां मिलती है? सब कुछ प्रदूषित है।

शुभम : तुम्हारा बहुत ख़र्चा होता होगा?

आदित्य : उधर बैंक का एटीएम यानी प्याऊ है। कार्ड डालो, पैसे टपकने लगेंगे।

(तभी एक आदमी आदित्य द्वारा फेंकी बोतल उठाकर थैले में डाल लेता है।)

आदमी : दस नहीं, पन्द्रह की है बोतल!

आदित्य : पन्द्रह की... ! बहुत महंगी हैं!

आदमी : पानी का भाव शेयर की तरह रोज़ घटता-बढ़ता है। उधर देखो, लाइन लगी है!

(बाईं ओर असलम की बीमार मां अचानक बेहोश होकर गिर जाती हैं।)

पापा : अरे बहन जी को क्या हो गया?

(असलम मां को सभांलता है। लोग पानी के छींटे रज़िया के चेहरे पर डालते हैं।)

पापा : तुम सब अपने-अपने बरतन यहां रख दो और जाकर खेलो। जब बरतन भर जाएंगे, तो मैं बुला लूंगा।

(सभी बच्चे बालटी छोड़कर खेलने लगते हैं। पापा एक का नाम लेते हैं। वह जाकर अपनी बालटी

घर में रख आता है। असलम मां को सहारा देकर ले जाता है। गुरुबख्श उसकी बालटी उठा लेता है। इधर पानी की बोतल वाला आदमी प्रदूषण सिंह बनकर आता है। उसने काले रंग के कपड़े पहन रखे हैं।)

काला आदमी : मैं हूं प्रदूषण सिंह! बच्चे खेल में व्यस्त हैं, अब मज़ा आएगा!

(प्रदूषण सिंह दबे पांव जाकर आदित्य के बैग से ऑक्सीजन का सिलेंडर चुरा लेता है। आदित्य अपने थैले से पानी और ऑक्सीजन निकालना चाहता है। तभी प्रदूषण सिंह फेरी वाला बनकर आता है।)

प्रदूषण सिंह : पानी ले लो, ऑक्सीजन ले लो। पहचाना, मैं हूं वहीं प्रदूषण सिंह...

आदित्य : पानी देना, ऑक्सीजन भी!

प्रदूषण सिंह : पानी की बोतल बीस रुपए... ऑक्सीजन का सिलेंडर सौ रुपए...

आदित्य : इतने पैसे नहीं हैं मेरे पास! पर ठहरो, मैं एटीएम से लाता हूं।

(आदित्य एटीएम से पैसे निकालकर लाता है और प्रदूषण सिंह को देकर पानी और ऑक्सीजन खरीदता है। पहले खुद और फिर बाकी साथियों को चखाता है। असललम और गुरुबख्श भी वापस आ जाते हैं।)

शुभम : अरे लो, नल से पानी आना बंद हो गया! याद है, जब बारिश हुई थी, तो पूरा मैदान पानी से भर

गया था। कहां गया वह?

पापा : ज़मीन में गया वह पानी?

सम्यक : अंकल, कुएं और टयूबवेल से भी तो हम पानी निकालते हैं!

पापा : हां, पर इस बार गरमी में ग्राउंड वाटर लेवल बहुत नीचे चला गया है।

आदित्य : वह क्यों?

पापा : इसलिए कि हमने जगह-जगह इतने "ट्यूबवेल" खोदकर पानी खींच लिया और उधर खूब ख़र्च किया। प्रकृति से जितना लिया, लौटाया नहीं।

आदित्य : धरती माता पानी का दूध देने वाली हमारी गाय माता हो गई।

पापा : हां क्यों नहीं! गाय भी तभी दूध देती हैं, जब उसे चारा खिलाया जाता है।

(प्रदूषण सिंह फिर आता है।)

प्रदूषण सिंह : पानी ले लो... पानी!

आदित्य : हां, सबको दो।

प्रदूषण सिंह : यह लो बोतलें... पैसे?

आदित्य : अभी देता हूँ.

(कार्ड लेकर एटीएम में जाता है, पर निराश होकर लौट आता है।)

असलम : क्या हुआ आदित्य!

आदित्य : *(मायूसी से)* एटीएम में पेसे खत्म हो गए। डिसप्ले आ रहा है, नो मनी!

प्रदूषण सिंह : चलो, बोतलें वापस करो!

(सब लोग बोतल वापस कर देते हैं। तभी अलार्म बजाती हुई बैंक की डिब्बेनूमा कैश वैन आकर एटीएम के सामने खड़ी हो जाती है! दो बच्चे उसे उठाकर लाते हैं। एक गार्ड बंदूक लिए सामने खड़ा हो जाता है! दूसरा आदमी एटीएम में रुपए रखता है।)

पापा : देखो, एटीएम में भी रुपए भरने होते हैं। ऐसा नहीं कि बस निकालते जाओ।

आदित्य : हां, जैसे अभी हुआ!

शुभम : पर अंकल, पानी की इतनी कमी हो क्यों गई, जब कि कितना पानी बरसा था?

पापा : हां बेटे, सारा का सारा ज़मीन के ऊपर ही ऊपर बहकर नालियों से होता हुआ नदियों में चला गया और नदियां उसे समुद्र में ले गईं। जानते हो समुद्र कितना दूर है?

सम्यक : सारा पानी समुद्र पी जाता है।

पापा : पीता नहीं है, बल्कि वह हमारा "रिजर्वायर" है! खारे पानी को साफ करने का प्राकृतिक फिल्टरेशन प्लांट। बादल बनते हैं और शुद्ध पानी को ढोकर पृथ्वी के अन्य हिस्सों पर ले जाते हैं!

गुरुबख्श सिंह : फेरी वाले की तरह!

पापा : पर बादल पैसे नहीं मांगते!

गुरुबख्श सिंह : सो तो है अंकल!

सम्यक : अंकल, बादल हमारी मर्जी से पानी नहीं देते। क्या पानी का भी सीजन होता है, आमों के फल की

तरह!

पापा : पृथ्वी और सूर्य की परस्पर स्थिति से मौसम निर्धारित होते हैं?

आदित्य : तब हम क्या करें?

पापा : हमारा दूसरा घड़ा, यानी रिज़र्वायर है, धरती। इसकी मिट्टी और पत्थरों के बीच जल-धाराएं और जल-स्तर होता है। उसे ज़्यादा नीचे न जाने दें! भूजल-स्तर को बनाए रखें। यहां बरसात का जो पानी गिरता है, उसे ऊपर ही ऊपर बहने न दें, बल्कि ज़मीन के अंदर ही छोड़ें, "रेन हार्वेस्टिंग" यानी भूजल संरक्षण द्वारा।

शुभम : यानि कि पानी की भी खेती करें!

पापा : हां, जिस तरह हम गेहूं की फसलें उगाते हैं, वैसे ही कंक्रीट के खेतों में अब पानी को भी बोया और उगाया जा सकता है।

आदित्य : क्यों न हम धरती की प्याऊ में एक-एक पानी बचत-खाता खोल दें!

गुरुबख्श सिंह : आ गई बात समझ में न भाई, बल्ले... बल्ले...!

(बच्चे खुशी से नाचने लगते हैं। तभी प्रदूषण सिंह ताक-झांक करता हुआ आता है। बैंक का गार्ड उसे भगा देता है। बच्चे और भी खुश हो जाते हैं। असलम की मां रज़िया, घड़ा और गिलास लेकर आती हैं और वहां प्याऊ खोल देती हैं।)

रज़िया : बच्चो, जब मैं बीमार थी, तुमने मेरी सेवा की। मेरे घड़े में पानी भरा। अब मेरी बारी है।

(बच्चे एक-एक करके चुल्लू बनाते हुए प्याऊ पर आते हैं। असलम की मां रज़िया घड़े से उन्हें ठंडा पानी पिलाती हैं। खेल के साथ-साथ पार्श्व में एक मधुर गीत गूंजता है। बच्चे खुश होकर गाते हैं।)

एक : इस मैदान पर, इस छत पर...

सब : बारिश का जो भी पानी आएगा।

एक : वह कहीं नहीं जाएगा...

सब : इधर-उधर नहीं बह पाएगा, पाइप से सीधे धरती माता की गोद में समाएगा, प्याऊ बन जाएगा।

एक : हमारा जल-स्तर ?

सब : नहीं घटेगा, नहीं घटेगा !

एक : हर घर का...

सब : भाई, हर घर का...

एक : पानी बचत-खाता खुल जाएगा...

सब : खुल जाएगा, भाई खुल जाएगा... !

•••

प्रश्नोत्तरी

1. विवेक किस विषय की कापी भूल गया था?

   (अ) मैथ्स की　　(ब) हिन्दी की
   (स) विज्ञान की　　(द) निजी डायरी

2. चिड़िया ने किसको भाई कहा?

   (अ) उल्लू को　　(ब) तोते को
   (स) गौरैया को　　(द) कबूतर को

3. जंगल में पर्यावरण प्रदूषण के लिए कौन जिम्मेदार था?

   (अ) चिड़िया　　(ब) भालू
   (स) बंदर　　(द) शहरी लोग

4. बच्चे कच्चे केले कहां से लेते थे?

   (अ) मां से　　(ब) बगीचे से
   (स) ट्रक से　　(द) पेड़ से

5. पत्थर लगने से किसको चोट पहुंची?

   (अ) मयंक के पापा को　　(ब) प्रियंका को
   (स) सोनू को　　(द) राहुल को

6. आम का बगीचा कहां था?

(अ) जंगल में (ब) घर के अंदर

(स) कॉलोनी के पास (द) शहर में

7. आम का पौधा लगाने के कितने सालों बाद फल देता है?

(अ) 15 साल बाद (ब) 2 साल बाद

(स) 20 साल बाद (द) साल में दो बार

8. चूहा कौन था?

(अ) गिल्लू (ब) शिल्लू

(स) श्वेता (द) सूरज

9. गुलेल का निशाना किसने लगाया?

(अ) विनोद ने (ब) रामू ने

(स) सतीश ने (द) राम ने

10. जासूस कौन थी?

(अ) मम्मी (ब) चुन्नू

(स) मन्नू (द) पापा

उत्तर

1. अ 2. ब 3. द 4. स 5. अ 6. स 7. अ 8. ब 9. अ 10. अ